Dinah Faust

Une femme tout simplement

OBERLIN

22, rue de la Division Leclerc
67081 Strasbourg
ISBN 2-85369-249-3

Pour mes parents

Alors petite « Goldie », le nom que tu te donnais toi-même, parce que tout le monde te trouvait *goldich* (mignonne, dorée en fait). Est-ce que tes grands yeux tristes et lucides savaient déjà que tout ne serait pas « doré » dans la vie ? Tu aimerais raconter un peu ce que tu as appris et retenu pendant ces longues années ? Je t'aiderai si tu veux, mais nos grands secrets, nous les garderons bien au chaud !

Tu es à Berlin, tu as **trois ans** sur cette photo et ta tristesse vient aussi de l'absence de ton papa, parti en éclaireur pour voir s'il pourrait vous créer une existence dans son pays natal, l'Alsace, en commençant par Schillig. Schillig où tu vis maintenant (quelle étonnante boucle bouclée !). Et puis à six ans, départ pour la grande capitale, sa tour Eiffel, ses nombreux jardins où tu pouvais courir pour calmer ta débordante vitalité, l'opéra où, à partir de huit ans, tu découvris les plus grands maîtres, et la danse qui sera ta passion jusqu'au-delà de tes soixante-dix printemps. La peinture du

Louvre aussi, et le jazz, le théâtre, autres grandes passions ! Comment veux-tu qu'avec autant de félicité, un jour il ne t'arrive pas, ainsi qu'à une partie du monde, une grande épreuve ! Retour en Alsace, treize ans, la guerre. Savais-tu seulement ce que c'était ? L'occupation, le nazisme, les bombardements, les déportations, la peur. Tu t'appelais alors *Hannelore* sur le livret de famille, « Maman était de Cologne, Papa de Soultzmatt. »

Tu te retrouves à **seize ans**, receveuse de tramway, en passant par des soins de premiers secours administrés à deux cents garçons envoyés à Raon l'Étape pour creuser des tranchées afin d'arrêter les Américains, *isch des ebs dabs*, c'était c..! Tu fis aussi tes débuts sur scène au lycée des Pontonniers en organisant les spectacles de fin d'année, oui, oui, tu avais déjà ça dans le sang et même l'âge n'a rien effacé ! Seize ans, premier amour, très chaste, il en avait dix-neuf et venait de Breslau. Il voulut t'épouser, tu te sentais trop jeune, il se porta volontaire sur le front russe, il ne revint pas.

À Edgar

Février 1992

Toi, mon héros
Parti si beau
Parti trop tôt
Ton beau sourire
Ne peut revenir
Tu m'as laissée
J'ai continué
Maintenant mes rides
Me laissent un vide
Peut-être un jour
Au grand retour
À ton cœur tendre
Je vais me rendre !

Dix-huit ans. Tu survécus avec maman et papa jusqu'à la Libération. C'était bon, mais pas simple. Tu découvris la haine, l'injustice, les dénonciations et la solitude. Tu voulais absolument travailler, tout était fermé, cinéma, théâtre, juste Radio Strasbourg qui venait de redémarrer. On cherchait une speakerine, tu te présentas et fus immédiatement engagée. C'est dans un tout petit studio, avec une table, une chaise, un micro et une pendule que tu rencontras Germain et son ami Raymond Vogel et ta vie bascula. Ils te proposèrent des émissions de variétés à la Radio et un spectacle au Théâtre de l'Union : « V'la l'Printemps ». Tes parents étaient d'accord. Chouette !

Le printemps était magnifique en Alsace, Alsace que tu aimais de plus en plus et que tu ne voudrais jamais quitter !

À ma tendre Alsace

Été 1987

Fraîche et verte dans mon cœur
Douce et tendre comme une sœur
Vallons clairs et forêts sombres
Moitié soleil, moitié ombre
Fière et belle comme une reine
Tu as subi bien des peines !
Nul ne pourra t'asservir
Jamais voudrai moi te fuir
Voudrai te laisser mon âme
Mon amour, mon cœur de femme
Sous ta terre je dormirai
Dans ton ciel ressusciterai.

Vingt ans. Début du *Barabli.* Quelle chance pour une jeune comédienne, chanter, danser, jouer la comédie, à l'époque on ne disait pas encore «génial», mais ce le fut. Cela dura cinquante ans et tu le portes encore. L'œuvre de Germain ne sera jamais égalée, et tu l'espères, Dinah, le nom que tu portes depuis, jamais oublié, peut-être !

Vingt-deux ans. Tu eus trois enfants, deux garçons et une fille, le bonheur d'être maman et un mari, bien sûr « génial », mais pas facile !

Sur les couples en général
À lui

Tu n'as pas su
tu n'as pas pu
les sacrifices
c'est pas ton vice
Toute une vie à s'engueuler
à pas comprendre, sans essayer
J'étais fleur bleue, tu étais fou
il y eut de tout
les sensations, les dérisions
et les ivresses et les détresses,
et les enfants, ceux qu'on attend
ceux qu'on n'veut pas
et la tendresse dans tout cela ?
Il y a le corps et puis y a l'âme
et puis y a ce que l'on condamne,
la trahison, la jalousie
et l'injustice et puis l'ennui,
enfin l'espoir qu'à notre soir
il y aurait un peu de paix.
Tu n'as pas su
tu n'as pas pu
car dans ta tête il n'y a qu'oubli
et dans mon cœur il n'y a qu'envie.

Elle

Trente-cinq ans. Petite Goldie, je plonge dans tes yeux tristes, c'est sûr il y a eu des moments douloureux, mais ton énergie et ta volonté te firent remonter la pente, bien souvent pour des moments de bonheur avec ton merveilleux public et des rôles qui t'apportèrent des émotions intenses. La sérénité, tu la retrouvais dans la nature et tu promis un jour à Sylvie Reff, superbe poète, d'essayer de faire un poème en alsacien, *des isch gar nit so einfach*, c'est pas si simple !

À Sylvie Reff

Ich hab gedenkt, es wär e gschenck
Wenn zwei mitnand, so hand in hand
D'fuess uff em bodde, de kopf hoch drowe
Wie eini lung, d'guet luft inschnüfe.

Ich glaub du bisch vum alte schrot
Un denksch dü wärsch noch uff « 3 Ähre » !
In Strossburji, s'isch minsechs e strof
Dort fangt schun alles an zue gäre.

Drum schnapp din schätzel fescht an d'hand
Wit weg vun politik der mischt
Un geh mit em durchs ganze land
Wit weg vun pollution des gift !

Doch wursch du ball entäuscht ich wett
Es ich halt iwerall so finschter
Drum mach noch gschwind e stills gebet
Un kehr ganz schnell zurück zum Muenschter.

À Sylvie Reff

(Traduit de l'alsacien)

J'ai pensé que cela serait un beau cadeau
Ensemble, main dans la main
Les pieds sur terre, la tête dans les nuages
On respirait le bon air comme un seul poumon

Je crois que tu dates un peu
Et te crois encore aux « Trois Épis » !
À Strasbourg, quelle punition
Ça fermente depuis longtemps

Prends donc ta chérie très fort par la main
Très loin de la politique, cette plaie
Et traverse avec elle, toute ta contrée
Très loin de la pollution, ce poison !

Mais je parie que tu seras très vite déçu
Il fait horriblement sombre partout
Alors murmure encore une sainte prière
Et près de ta cathédrale retourne bien vite.

Ah, la cathédrale ! Un des amours de ta vie. En ce moment, tu sais, avec son drôle de chapeau, elle ressemble un peu à une mosquée, mais mon Dieu on peut prier partout, *gell* !

Tu sais, l'Alsace aussi est belle partout et je t'entends hurler lorsque ceux de « l'intérieur » nous accablent de trop fréquentes insinuations sur notre identité alsacienne et notre manque de civisme, *ich glaub die han e flecke*, ça va pas ? !

Réponse aux trop fréquentes insinuations sur l'identité alsacienne et son manque de civisme, par une Alsacienne fière de l'être

On nous reproche clochers et géraniums, vin blanc, choucroute, munster et tarte aux pommes. On nous trouve vieux jeu, balourds, pas beaux. Et nos forêts, sapins et frais ruisseaux, nos musées, nos châteaux, nos oiseaux et nos biches et les rires de nos filles, nos prés couverts de fleurs, la terre de nos anciens si lourde et si riche vous agréent beaucoup moins que le Parc d'Astérix ? Au lieu de boîtes de nuit, parcourez nos villages, découvrez notre cœur, car nous on le partage. Soyez porteurs de franche volonté, vous trouverez en échange une belle identité.

Il est vrai qu'en Alsace, on mange bien, et nous deux, n'est-ce pas, on aime sentir, tâter, déguster, les poissons entre autres. Ô ciel, il faut que l'on raconte, la première fois que nous avons pris une truite, on en tremble encore !

La première truite

25 octobre 1985

Comme il est curieux lorsqu'on respecte la vie de se retrouver devant un bassin où nagent des truites, de lancer un fil avec un tout petit instrument de mort au bout, de sentir tout à coup s'agripper un poids qui vous paraît lourd comme un péché, et que vous seuls pouvez décider si vous allez mettre fin à cette petite vie qui s'accroche et tressaute en laissant dans le soleil couchant des myriades d'étoiles. Ce qui fut d'abord un jeu avec l'arrière-pensée d'un élément de nourriture devint, déjà avant, un poids dans votre estomac. Et pourtant je l'ai refait trois fois, ce geste, et le lendemain la truite fut mangée ! Femme, où est ta logique, où sont tes principes ? Depuis trois jours au fond d'une cuvette blanche !!!

À propos de bonne chère, on t'a demandé un jour d'être marraine et ce fut un grand honneur et une superbe fête, mais le filleul était très étrange !

« Cher petit marché de la Robertsau »

C'est le 23 octobre 1993, par un petit matin pluvieux, que je découvre attendrie ce nouveau-né plein de couleurs et de parfums.

Poissons frais, poulets dodus, même si vos yeux morts et vos cous tordus me rappellent que j'aime les bêtes, beurre onctueux, œufs frais, fromages fermes ou coulants, saucisses odorantes, vinaigres et moutardes aux herbes, je ne puis, hélas, vous nommer tous.

Quant à moi, ta marraine, vois-tu, je suis née dans un chou, le plus beau naturellement, d'après ma mère. Comme enfant, j'ai eu la jouissance de sentir le jus des cerises, des abricots, des mirabelles, des quetsches, des fraises, des framboises, des mûres et des raisins couler sur mes joues roses. Comme adolescente, avec mes flirts, j'ai quelquefois fait le poireau, puis j'ai choisi un métier où l'on ne m'a pas jeté de tomates, je n'ai pas joué trop de navets, on a semé sous mes pas des fleurs mais aussi des épines. Avec l'âge, j'ai appris à manger des carottes pour mieux voir les belles choses de ce monde, je mange une pomme par jour, parce que l'on dit *an apple a day keeps the doctor away*, une pomme par jour éloigne le docteur, et maintenant ce que je me souhaite pour l'avenir, c'est de ne jamais devenir une grosse légume !

Merci à tous ceux qui travaillent cette terre pour créer des aliments plus sains dans un monde de plus en plus pollué ! Cher petit marché, je te dis pour l'avenir un grand M... ! C'est un excellent engrais !

Quarante-six ans. C'est un grand saut, mais tout est passé si vite, et avec l'âge, il y a eu tant de joies et d'émotions dont tu avais besoin de parler. Ton premier petit-fils, Cédric, a vu le jour et, dans une période de tristesse, il t'a redonné du bonheur et du courage, tu l'appelais « Boubou ».

À mon petit-fils

Boubou, Boubou, un jour t'es là,
c'est pas vrai, j'y croyais pas !
Boubou fragile, si tendre avec mes larmes
roulant sur tes joues.
Pauvre Boubou tu vas changer c'est sûr,
le ciel sera gris et l'homme si dur,
mais je s'rai là, sur ton corps si doux,
mon souffle chaud balayera tout ça.

Boubou tu ris, Boubou tu pleures,
tu sais jamais quand c'est l'heure, cette heure
si courte qui nous fait vivre, Boubou, Boubou
quelle heure est-il, je te vois qui file,
tu ne sais pourtant pas comme je suis anxieuse,
ces quelques minutes me rendent odieuse.
J'entends des pas, ça doit être toi,
mon souffle meurt, mon cœur palpite,
et tout à coup tout contre moi
Boubou, c'est toi !

Ma petite Goldie, j'ai cru voir deux larmes rouler sur tes joues, n'aie pas honte, ça t'arrivera encore très souvent, hélas. Regarde autour de toi, t'as vu ce qu'ils font de cette nature que tu aimes tant ? Vandales, irresponsables, *doddel* !!!

Et puis...

Mars 1992

Voile de brouillard sur sapins noirs
Ciel irisé sur champs de blé
Murmure de l'eau dans les prés chauds
Musique divine dans les glycines
Moutons laineux dans les chemins creux
Soupirs d'oiseaux dans les bouleaux
Taches de rousseur sur les hauteurs
Bourgeons dodus dans les feuillus
Danse éthérée des graminées
Points d'Aubusson dans les buissons
Gros ventres ronds des frais vallons
Odeur de foin qu'on sent de loin
Puissants rochers comme enlacés
Verts pâturages aux fleurs sauvages
Silence de neige sur les cimaises
Soleil qui bouge sur les fruits rouges
Éclair qui luit sans faire de bruit
Biche aux abois au coin du bois
Et puis...

Et puis y a l'homme
Et puis les scies qui nous ennuient
Et les voitures à toute allure
L'architecture qui dénature
Les arbres las que l'on abat
Les animaux qu'on torture trop
Et les enfants qui pleurent doucement
Et les rivières qui n'sont plus claires
Et le soleil qui s'met en veille
Et les odeurs qui font qu'on meurt
Et puis un soir il y a l'espoir
Il y a le vent qui prend son temps
Il y a le ciel qui s'émerveille
Y a toi et moi dans la même foi
Il y a l'amour qui voit le jour.

Cinquante ans. Tu n'aimes pas en parler, appelons les choses par leur nom, ménopause, déprime, trop de calmants pour assumer les représentations et puis, psychanalyse heureusement, pour évacuer la souffrance.

Ta maman chérie t'a quittée, on croit mourir, rien ne sera plus jamais pareil et pourtant, c'est dans l'ordre des choses. Pour être sûre qu'elle t'entende bien, tu as essayé d'écrire en allemand, sa langue d'origine que tu as parlée depuis ta naissance : il n'y a pas loin de la naissance à la mort.

Mutter

Octobre 1993

Wind stöhnt
Le vent gémit
Blätter schweben wehrlos
Sans défense les feuilles tombent
Äste beugen sich machtlos
Impuissantes les branches ploient
bis zur Erde, wo du liegst
Jusqu'à la terre où tu reposes.

Mutter

Mutter hast Du Zeit für mich?
Mère, as-tu du temps pour moi?
Kannst Du warten bis Ich komme?
Peux-tu attendre que je te rejoigne?
Doch so lang Ich bleiben muss
Car aussi longtemps que je reste là
Brauch Ich deine Wange!
J'ai besoin de la douceur de ta joue

Ton papa chéri la rejoignit trois ans plus tard, ils te manquent tellement. Tu découvris alors *Le Parfum* de Patrick Süskind, quel choc, et tu lui dédiais un texte.

La femme effacée

12 juin 1996

À Patrick Süskind

« On » demande à une femme célèbre d'un certain âge de parler de son métier, de ses amours, de ses croyances. On pénètre au fond de son âme, on l'épluche comme un fruit trop mûr, on la met à nu, on lui fait croire que l'on va lui redonner une raison de vivre, qu'elle va servir d'exemple aux autres, on va la flatter d'abord, puis l'inquiéter, lui faire peur, la rendre dépendante, la harceler de faire très attention à ce qu'elle pourrait dire, l'influencer, lui dicter petit à petit ses pensées, la déstabiliser, la rendre incapable de dormir, de manger, de voir les objets et les choses, de respirer les parfums, de penser à Dieu. Puis, au bout de ce qui lui semblait une éternité, on lui donnera, enfin, un soir, au coucher du soleil, les pages écrites avec son sang, sur lesquelles il n'y avait plus que :

j'ai connu Edgar à seize ans, il était si

....

....

j'avais du talent, on disait de moi que

....

....

pour essayer de m'approcher de Dieu je

....

....

je voudrais tellement

....

....

j'aimerais tant

....

....

j'espérerais intensément

....

....

je suis fatiguée de

....

....

on l'avait effacée...

Elle mourut au lever du soleil.

Tu as mal ? Ou as-tu pu relativiser par rapport aux souffrances qui nous entourent ?

Et puis, il y a eu un second petit-fils, Arthur.

Soixante ans. Année bénie, grande fête, troisième petit-fils, Théo, Grand Bretzel d'Or, cadeau de J.M. Meshaka : *La Visite de la vieille dame* de Dürrenmatt et une pièce sur Sarah Bernhardt.

Avec quoi avais-tu mérité tout cela ? Surtout que par trois fois déjà, un ange gardien t'avait sauvé la vie ! Et puis nouvelle colère. Ça te fait du bien, hein, de te décharger pour soutenir ta région bien-aimée et ton dialecte dont on annonçait la mort prochaine !

Elsel herrsch mi, wach uff !
(Elsel tu m'entends, réveille-toi !)

Chère, chère Elsel, laisse-moi tâter ton pouls, je vais mettre mon oreille sur ton cœur et le mien s'arrêtera pour mieux l'entendre. Je t'aime tu sais, je pense à tout ce que tu as vécu, à ta souffrance d'être écartelée entre deux langues, deux cultures, deux identités.

Parce que tu es belle, tout le monde te convoite, on veut te posséder, montrer tes richesses, t'exhiber comme une esclave que l'on achète. Rappelle-toi tes fils qui ont versé leur sang dans ce Rhin si longtemps frontière. Souviens-toi que nous sommes têtus, bourrus, indécis, même un peu lâches quelquefois, mais tellement amoureux de toi, fidèles en amitié, généreux, honnêtes et courageux quand il le faut, quand la cause est juste et le partenaire loyal.

Et puis ton beau dialecte si merveilleusement mis en musique par Germain, Mario, Nathan, André, Sylvie, Martin, Roger, Pierre, René, Jean-Pierre, Tony et tant d'autres, pourrais-tu vraiment le renier ? Il est toutes tes racines, toute ta mémoire, toute ta force. Regarde maintenant en avant, ouvre-toi au-delà des frontières, parle le langage des autres, accepte-les tels qu'ils sont, mais reste fière d'être ce que tu es et s'il te plaît parle-moi, réponds-moi.

Elsel heersch mi, wach uff!

Tu m'entends, réveille-toi !

Mais Elsel, ton pouls bat ! Ton cœur se soulève !

Et... Mais tu chantes !

> « Ja s'Elsass unser Ländel
> Dess isch maneidi scheen... »

Oh Elsel, tu es là, et bien là !

Merci !

Soixante-cinq ans. Dis-donc Dinah (c'est drôle ça, non ?). Je ne peux pas t'appeler Goldie pour parler de ce sujet, mais tu ne crois pas qu'il serait à ton âge grand temps de l'aborder, le Romantico-érotico-comico ? *Do hesch d'schiss*, hein, t'as les j'tons ! Allez courage, vas-y !

Je ne sais pas si c'est ma foi
Je ne sais pas si c'est ta loi
Qui font que tout au fond de moi
Je t'aime
Je ne sais pas si j'ai compris
Je ne sais pas si tu m'as dit

Les mots qui font toute une vie
Je t'aime

Homme où es-tu que je dois aimer
Homme qui es-tu qui me veux aimer
Tu vas me prendre comme on boit la rosée
Je vais me rendre comme un oiseau blessé

Dans le soir qui vient
Je n'ai pas d'espoir pour demain
C'est si loin
Avec ma tendresse
J'appelle tes caresses
C'est si bien
Mais la nuit m'entoure
Je vais faire un tour
Il ne reste rien !

Nuage pervers, tu caches l’azur
Là où un jour, désir pervers
Je voudrais vivre à l’état pur.

Je t'ai fait revivre
Tu m'as fait renaître
Tu te croyais sans courage
Je me croyais sans tendresse
Tu es entré dans ma vie
Je ne voudrais pas gêner la tienne
Tu me manqueras toujours
Je te manquerai un jour.

23 juin 1996

Je t'aime comme une mère que je ne suis pas
Je t'aime comme une jeune fille que je ne suis plus
Je suis Maud et je t'aime comme Juliette
Je suis un arbre sec et je t'aime comme une source
fraîche
Je vis avec les ombres et je t'aime comme la lumière
Je suis presque fanée et tu es ma rosée
J'ai faim et tu es mon pain
J'ai soif et tu es mon vin
Je suis le crépuscule et tu es l'aube
Je ne t'atteindrai plus !

Tu pars ? Emmène-moi
Nous regarderons avec les mêmes yeux
Nous écouterons avec les mêmes oreilles
Nous respirerons avec le même poumon
Nous parlerons avec la même bouche
Regarde-moi
Écoute-moi
Respire-moi
Parle-moi
Je t'aime, je voudrais que tu sois sorti de mon ventre
et que tu y pénètres
Je souffre quand tu n'es pas là, j'ai mal quand tu
viens, j'attends ton appel,
J'ai peur quand je t'entends, je sais que tu partiras
seul !

Lorsque j'enlève mes chaussures
J'ai mes seins sur ta poitrine
Mes cuisses qui caressent les tiennes
Mes doigts de pieds qui mordent les tiens
Et surtout mes yeux dans tes yeux
Alors très vite je remets mes chaussures
Pour être au-dessus de la situation !

Soixante-dix ans. Tu sais *Maidele*, je pense souvent à Jean-Edern Hallier, écrivain marginal, solitaire, provocateur, grand pamphlétaire, qui perdit la vie si banalement en tombant de son vélo, presque aveugle. Était-ce un défi pour narguer la déchéance ou simplement une envie d'aller là où l'on pourra enfin être soi-même sans rendre de compte à personne. Cher Jean, pouvons-nous, Goldie et Dinah, vous envoyer une lettre *post mortem*? Nous sommes sûres que vous la recevrez.

Lettre « post mortem » pour Jean-Edern Hallier
Juin 1998

Cher Jean-Edern, je suis venue très tard à ta prose et j'en ai grand regret car les moments d'hilarité que tu m'as procurés m'auraient bien rendu service pendant ces dernières années ! Il est vrai que quelquefois ta méchanceté et ta grossièreté m'irritent, mais je sens que ta générosité et ta tendresse se sacrifient sur l'autel de ton style inimitable et de ton besoin irrépressible de justice et de vérité. Encore faudrait-il savoir ce que ces deux termes représentaient vraiment pour toi, mais cela est sans importance. Ton besoin d'écrire était trop impétueux. Quant à moi, pauvre femme sans style, je te baise les mains, d'avoir été le géniteur de joies débordantes et de m'avoir procuré les seuls grands et vrais rires de ma vieillesse !

Salut à toi !

Pendant que nous en sommes aux lettres, ma petite Goldie, envoyons aussi celle destinée à Ève Cerf qui fit partie de notre monde littéraire en Alsace. Ils pourront en parler ensemble, tu ne crois pas ?

Lettre post mortem à Ève Cerf

Juin 1998

Chère Ève,

Nous nous sommes très peu rencontrées, j'ai trop peu eu l'occasion d'approcher votre travail, mais je sais votre intelligence, votre besoin de savoir et votre talent d'écriture.

Et puis, j'ai eu l'impression de connaître un peu mieux la femme, après que votre mari m'a parlé un peu de vous et m'a demandé de bien vouloir participer à l'ouvrage publié en votre hommage.

J'en suis très émue et j'accepte, bien que n'étant ni écrivain ni historienne, uniquement pour l'amour de l'Alsace, du dialecte et à la mémoire de Germain et du Barabli. Barabli à propos duquel vous aviez écrit en 1991, un essai fort bien observé. Il est certain qu'aujourd'hui, surtout pour la jeune génération, saisir la véritable valeur identitaire de l'œuvre de Germain Muller et sa répercussion indéniable sur la pensée de notre région, est chose difficile. Délivrer un territoire est une chose, mais lui apporter la possibilité d'un regard sur son passé, lui influer le courage d'en parler et même d'en rire, en est une autre. Ce fut le don que fit Germain Muller à son petit pays profondément aimé. Il a fallu beaucoup de tendresse et de doigté pour atteindre le but que ce jeune garçon de vingt-trois ans s'était fixé. L'alsacien, il le connaissait bien, malgré son jeune âge, et je me permettrai de citer un texte que l'on m'avait demandé pour *Saisons d'Alsace* dans lequel j'espère, fidèle à son esprit, avoir dit ma pensée sur mon Alsace, à laquelle je suis autant que lui attachée à jamais.

J'écris ces quelques lignes sur une plage du Schleswig-Holstein, au nord de Hambourg, endroit magique par sa simplicité, la beauté de ses champs de blé et de colza, par le chant très doux des vagues léchant un sable blond bordé de falaises vertes, si sauvage et si solitaire qu'on ne le trouve même pas sur une carte et surtout, et c'est là que se situe mon lien avec l'Alsace, fière de son passé, de sa culture et de sa pureté conservée. Peut-être faudrait-il aussi que l'Alsace retrouve cette pureté, qu'elle déculpabilise à propos de sa spécificité, de son dialecte, de ses géraniums, kougelopfs, cigognes et autres, de sa *allemanische Wehmuet,* qu'elle essaie, même si pour certains ce n'est pas facile d'oublier sa souffrance passée, de ne pas tant accepter une servilité trop grande par rapport au centralisme parisien, qui de toute façon sera toujours à côté de ce qu'il pourra penser de nous, même s'il peut être sûr de notre fidélité, et qu'elle profite de l'opportunité de sa double culture et de son ouverture sur l'Europe et le monde. Combien Germain aimerait voir tout cela s'affirmer ! Peut-être faudrait-il aussi que nous comprenions combien nos idées et nos décisions souvent prises sur un coup de tête *(unsri dickschädel)* sont au fond peu dans notre nature, dangereuses, et surtout indignes de nous ! *Wie saat de Germain so schoen in «Enfin redde mer nimmi devun» zuem Kaltebach : bisch au e hoseschisser! dess welle mer doch nit, odder? So un jetzt langts mit däre Moralpredicht.*

Martin Graff en a tellement mieux parlé que moi dans *Les Alsakons.* Seul un Alsacien pouvait dire de nous ce qu'il a dit avec beaucoup de verve, de sévérité mais de tendresse aussi. Jean-Edern Hallier aurait eu un grand sourire en le lisant, je ne sais s'il pouvait rire (la souffrance en empêche parfois). En tout cas, deux grands pamphlétaires !

Pour en venir pudiquement à la souffrance, je sais que la vôtre a été grande, votre famille a subi les horreurs de la guerre et si vous nous avez quittés si tôt, c'est que la souffrance peut nous faire mourir.

Il est bien que l'humour nous sauve quelquefois. Heureusement nous en avons et nous devrions le cultiver, c'est un de nos plus grands atouts. Combien de fois au Barabli avons-nous pleuré, et puis avec une merveilleuse pirouette Germain nous faisait rire, rire de nous-mêmes. La dérision et l'autodérision nous aident à vivre, ils sont, lorsque nous les acceptons, plus forts que la nostalgie et les regrets.

Ich predich jo schun widder! Des isch alleuäj minni elterlich Mischung zwische katolisch un evangelisch ! Être un bon chrétien, cela aussi fait partie du patrimoine alsacien, croire en quelque chose, aller de l'avant, *des brueche mir* ! Il est tout de même curieux de constater à quel point quelques mots en dialecte peuvent décongestionner une situation embarrassante !

Alors mes chers concitoyens, parlez-le ce dialecte, *nun de buckel*, soyez en fiers, il vous rend plus indépendants, vous n'êtes pas comme les autres, n'est-ce pas magnifique !!! Chère Ève, permettez-moi d'arrêter là ma modeste prose, soyez indulgente avec une femme qui n'essaie que de laisser parler son cœur et acceptez ces quelques réflexions ressenties profondément au fil des ans dans ma caboche d'alsacienne !

S'isch luschtig, au fond de tes grands yeux noirs, on voit passer à la fois nos prés verts et les plaines arides du *Wild West*. Aurions-nous, les Alsacos au teint pâle, une fraternité avec les Indiens peaux-rouges ? Tu as connu quelqu'un qui se passionnait pour l'histoire de ce peuple traqué, un peu comme le nôtre au fond. Alors ferme tes yeux, imagine, comme on dirait au cinéma, l'étrange « fondu enchaîné » !

Je suis entrée

Juillet 2001

Je suis entrée dans ta chambre pour te voir une dernière fois. Comme une statue de sel, je suis restée sur le seuil de ta porte. Sur le lit tu étais étendu, paré comme une panoplie d'indien. Rien ne manquait, ni la hache, ni le calumet pour la paix, ni les plumes pour la gloire. Je retins mon souffle, pourquoi tout cela ? Personne n'avait jamais vu ces atours, personne ne t'avait jamais entendu parler de ces humains ! Je scrutais fascinée ton visage buriné comme du cuir où deux larmes s'étaient figées, et tes mains jointes, si serrées qu'on croyait presque les entendre craquer. Qui étais-tu ? D'où venais-tu ? Mon imagination galopait dans ma tête. Quel était ton rêve, que voyais-tu ? Les larges plaines, toi qui aimais ton verger, des chevauchées ardentes, toi qui pas à pas arpentais les sentiers de ta forêt, le sang qui coulait, toi qui aimais les grains rouges des raisins de tes vignes, les guerres fratricides, toi qui aimais tous les hommes comme des frères, l'humiliation d'être chassé de ses terres, toi qui avais su reconquérir la tienne, des hommes réduits à vendre des objets souvenirs, toi qui avais des souvenirs plein la tête ?

J'ai senti, j'ai compris et doucement, comme un voleur, j'ai pris une plume de ta couronne pour écrire l'histoire de ton royaume.

Soixante-quinze ans. *Ja heer emol*, et la peinture alors, toutes ces couleurs, ces formes, ces lignes qui se bousculent dans ta tête, tu n'as rien à en dire ? Tu ne peux pas les citer tous, évidemment, les génies sont trop nombreux, c'est comme pour la musique, il te faudrait des milliers de paires d'oreilles. Tu les mettrais où, normalement il vaudrait mieux les mettre dans sa poche, pour ne plus entendre les milliers de fausses notes que le monde diffuse, mais nous n'avons pas non plus des milliers de poches, alors essaie dans des milliers de boîtes, d'en tirer parmi des milliers de noms, un, qui sera le musicien représentant des milliers d'autres. *Du gehsch mer uf d'nerve mit dinne* « milliers » rentre dans ton musée (il y en a aussi des milliers !) *halt's mull*, tais-toi et regarde.

Kandinsky

Août 2001

Je suis entrée dans la salle blanche à la rencontre de l'émotion. Je me suis arrêtée sur le seuil, les murs virginaux étaient parsemés de tableaux couverts de lignes qui m'attiraient comme un aimant. J'approchai respectueusement. Tu étais là tout entier me donnant la grâce de déchiffrer ce que Dieu t'avait permis d'exprimer.

Quel miracle ! Des lignes si fines qu'on avait peur de les voir se briser, de petites étoiles, ça et là, jamais par hasard, des courbes qui se rejoignaient, se fermaient comme une matrice, pour protéger ce qui allait peut-être recréer le monde. On croyait voir un œil, une bouche, on croyait entendre un cœur qui battait, un ventre qui criait, une âme qui gémissait doucement, pudiquement. Que me réservais-tu encore ? Les couleurs, bien sûr ! Fascinée par leur diversité, la douceur de leur lumière, éblouie par la perfection de leur union avec les lignes, je doutais de jamais pouvoir percer un tel mystère ! Doucement, je m'arrachai à cette emprise, emportant dans ma tête, comme un voleur, le secret du génie : KANDINSKY.

Soixante-seize ans. Goldie, je me sens «off»! Évidemment, bout de chou de trois ans, tu ne peux pas savoir ce que cela veut dire! Dis-toi que tu es fatiguée, qu'avec toute l'émotion que t'a procurée ce long voyage en arrière, c'est normal. Tu as pleuré, tu as ri, tu as essayé d'être sincère et maintenant tu doutes de tout, et en plus de ça, en cinq langues (tu sais il y en a aussi des milliers!). Arrête!!!

Ich bin « off »

Cantique à cinq voix

Mars 1999

J'ai mal à l'humanité
D'Menschheit macht mer weh
Ich suech, ich bett, ich hoff
J'suis plus dans l'coup, ça s'appelle « off » !
I search a world who's better
Halt d'gosch, do wo de suech do wachst de pfeffer !
O Pace come ti voglio tante !
Was ist das nur für ein Gedanke ?
Tu t'prends pour qui, t'as quoi dans le crâne ?
Ich bin soo bleed, ich bin soo klaan !
You think there is something up there ?
Ich weiss es nicht, es ist schon lange leer.
J'ai mal à l'humanité
D'menschheit macht mer weh
Ich suech, ich bett, ich hoff
J'suis plus dans l'coup, ça s'appelle
« off » !

Je suis off

J'ai mal à l'humanité
Elle me fait souffrir
Je cherche, je prie, j'espère
J'suis plus dans le coup, ça s'appelle off!
Je cherche un monde meilleur
Ferme-la, là où tu cherches, on t'envoie sur les roses!
Ô paix, combien je t'attends!
Quelle est cette pensée absurde?
Tu t'prends pour qui, t'as quoi dans le crâne?
Je suis si bête et si petite
Tu penses qu'il y a quelque chose là-haut?
Je ne sais plus, c'est vide depuis si longtemps.
J'ai mal à l'humanité
Elle me fait souffrir
Je cherche, je prie, j'espère
J'suis plus dans le coup, ça s'appelle
off!

Tu as oublié le plus important. Quoi ? Mais le titre de ton livre. Les femmes, il faut en parler, tu sais bien qu'il y en a des mill... Je vais te mettre un sparadrap !!!

Parlez-nous des femmes !

Vaste sujet, mais qui m'est cher, car je connais leur courage, leur foi, leur disponibilité et leur générosité. Ces quelques adjectifs ne suffisent, hélas, pas à les décrire. Leur chemin n'a pas été semé de roses, esclaves, sorcières, courtisanes, objets de plaisir, jusqu'au jour où ces femmes ont pris une grande respiration et ont fait le grand saut. (Souvenez-vous que nous n'avons le droit de vote que depuis 1944. À peine croyable, non ?)

Elles se sont battues pour être mères dignement, pour apporter leur compétence dans le domaine du travail et leur tendresse et leur tolérance, indispensables, face à l'impitoyable violence de ce siècle.

Les femmes d'Europe ont eu un peu plus de chance que leurs sœurs d'Afrique et autres continents, mais comme les blés dans les champs, elles se dressent toujours plus nombreuses, malgré le vent et la pluie, pour apporter au monde le pain de l'amour et de l'espoir.

Fragiles mères de Chine, qui cachent leurs filles pour échapper au mythe du garçon, courageuses jeunes femmes des pays musulmans qui luttent pour ne pas condamner, comme leurs mères, leurs visages et leurs paroles à rester dans l'ombre, mais en plein soleil, touchantes mères aussi des pays sous-développés qui donnent leur vie pour que leurs enfants survivent, sublimes mères d'Amérique latine qui inlassablement défilent, portant sur leur sein, l'image de leurs enfants disparus ou assassinés, toutes ces femmes luttent pour que les hommes fassent en sorte qu'elles n'aient plus jamais à sacrifier ceux à qui elles ont donné la vie.

«Femmes je vous aime» dit la chanson, c'est vrai, je vous aime mes sœurs et j'ai confiance, vous y arriverez !

Je sais, petite fille, que tu as de plus en plus souvent les larmes aux yeux, avec la terre qui éclate, l'eau qui rugit, la montagne qui vomit, les avions qui éparpillent les cadavres comme des nuées de sauterelles, les maladies qui nous humilient, la haine qui nous anéantit, la violence qui nous ramène à notre propre image, et la flamme de la foi qu'il est souvent si dur de ranimer. Aurais-tu dans tes grands yeux tristes déjà un peu senti tout cela ? Si tu étais encore si petite, je t'aurais prise dans mes bras, mais alors toi aussi tu aurais dû me consoler !

Toutes ces images
Qui déménagent
Dans ma tête
Se répètent
Se superposent
Jusqu'à l'hypnose.
Des tours qui tombent
Des cris dans l'ombre
Dans mon âme
Me condamnent
Se superposent
Jusqu'à l'hypnose.

ÉPILOGUE

Ma petite Goldie, tu voudrais savoir comment se sent Dinah avec son «double sept». Bof, *ich hab weh in alle Knoche*... Mais la passion est encore dans mon cœur qui bat toujours aussi fort, enfin presque, et ma tête de plus en plus dans les étoiles... Voilà !

Je suis une femme tout simplement.

Table

Aux Éditions Oberlin, dans la même collection

Gabriel Schoettel, *Un village si paisible*, 2000, 2e éd. 2004.

Gabriel Schoettel, *Le fil de l'espoir*, 2002.

Gabriel Schoettel, *Les Clarines du Wiedenbach*, 1995, 2e éd. 2003.

Julie Carpentier, *À l'Heure dite*, 2003.

Jean-Georges Samacoïtz, *Vers gourmands et cuisine sauvage*, 2003.

Jean-Georges Samacoïtz, *Moi, Jean de La Fontaine, porte-voix du Chat-parlant*, 2004.

Editions Oberlin

oberlin2@wanadoo.fr
www.oberlin.fr

barrere.graphisme@wanadoo.fr

Impression et finition
Saint-Paul Imprimeur
55000 Bar-le-Duc

Dépôt légal : 2e trimestre 2004
N° 04-04-0590